撰稿：
苗红梅　庞博　陈雷

插画绘制：
肖猷洪　郑作鲲　雨孩子　兰钊
王茜茜　李未名

设计：
马睿君　刘慧静　高晓雨

节日习俗

古诗词里的大语文

魏铭 主编
派糖童书 编绘

化学工业出版社
·北京·

图书在版编目（CIP）数据

古诗词里的大语文. 节日习俗/魏铭主编；派糖童书编绘. —北京：化学工业出版社，2021.3
ISBN 978-7-122-38285-6

Ⅰ.①古… Ⅱ.①魏… ②派… Ⅲ.①古典诗歌-中国-儿童读物 Ⅳ.①I207.227.42-49

中国版本图书馆CIP数据核字（2020）第265175号

责任编辑：陈　曦　　　　　　　　　装帧设计：派糖童书
责任校对：王鹏飞

出版发行：化学工业出版社（北京市东城区青年湖南街13号　邮政编码100011）
印　　装：北京宝隆世纪印刷有限公司
710mm×1000mm　1/16　印张11　2022年1月北京第1版第1次印刷

购书咨询：010-64518888　　　　　　售后服务：010-64518899
网　　址：http://www.cip.com.cn
凡购买本书，如有缺损质量问题，本社销售中心负责调换。

定　　价：49.80元　　　　　　　　　　　　　　版权所有　违者必究

前言

自春节开始,到除夕结束,"年"在我们中国人的观念中,不仅是自然的周期,也是文化的承载。在这个过程中,那些关键的节点就是节日,它们标记时序,承载盼望,也蕴含着文化。每个节日都是独特的,有着不同的风俗,讲述不同的故事,而这些风俗轶事皆可入诗。

诗人描写节日,在他们简短精练的诗词中,节日有了韵律,时间成为可以吟咏的句子,饱含人们在这一年年周而复始中所有的喜怒哀乐。

旧的一年逝去,新的一年到来,有更新,有盼望,鞭炮声噼啪响起,于是有了王安石的"爆竹声中一岁除,春风送暖入屠苏"。人们欢愉庆祝,辞旧迎新,一直到了元宵节,此时彩灯挂起,火树银花,孩子们也提着灯笼满街嬉戏,故而辛弃疾有词云"东风夜放花千树,更吹落,星如雨"。也有不那么欢欣愉悦的节日,清明祭祖,悼念逝者,人们不免会黯然神伤。可那也并非全然沉郁,虽然杜牧下笔曰"清明时节雨纷纷,路上行人欲断魂",可人们选这样一个踏青寻春的日子来祭祖,本不是为了悲伤,而是为了告慰。于是"借问酒家何处有,牧童遥指杏花村",告慰既了,不由得便伴着春色醉了起来。

还有,端午、七夕、中秋、重阳……每个节日都有独特的风俗,都有属于自己的诗,都是我们内心的时间之河里一片片积淀着文化与生命体验的沙洲。

眼前这本书,用诗词来讲述节日的传说与故事,带我们追寻节日的起源与流变。或许,它也会让小朋友们对时间的韵律更敏感,对文化的传承更积极,也对自己生命的意义多一些如诗般的感悟。

目录

春节 ／元日……2

立春 ／汉宫春·立春日……6

打春牛 ／立春偶成……10

元宵节 ／上元竹枝词……14

元宵花灯 ／青玉案·元夕……18

元宵娱乐 ／正月十五夜……22

雨水 ／春晓……26

春水 ／江南春……30

龙抬头节 ／二月二日……34

春分 ／绝句二首（其一）……38

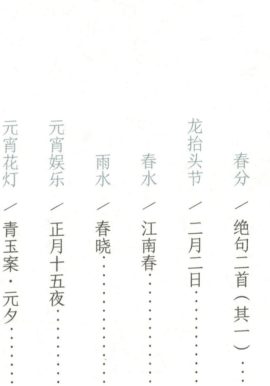

端午习俗／渔家傲·五月榴花妖艳烘……78

端午节／贺新郎·端午……74

初夏／大林寺桃花……70

踏青／春日……66

上巳节／丽人行（节选）……62

清明活动／苏堤清明即事……58

清明节／清明……54

寒食赐火／寒食……50

寒食节／寒食……46

社日／社日……42

| 寒露三候 / 过故人庄 …… 118
| 寒露 / 暮江吟 …… 114
| 中秋祭月 / 水调歌头·明月几时有 …… 110
| 中秋与嫦娥 / 天竺寺八月十五日夜桂子 …… 106
| 中秋节 / 十五夜望月寄杜郎中 …… 102
| 七夕乞巧 / 乞巧 …… 98
| 七夕习俗 / 鹊桥仙 …… 94
| 七夕节 / 秋夕 …… 90
| 梅雨 / 三衢道中 …… 86
| 端午赛龙舟 / 午日观竞渡 …… 82

附录 / 古诗词里的名句 …… 162

除夕写桃符 / 除夜雪 …… 158

除夕 / 守岁（节选） …… 154

冬至三候 / 扬州慢（节选） …… 150

冬至 / 邯郸冬至夜思家 …… 146

大雪 / 江雪 …… 142

立冬 / 雪梅（其一） …… 138

重阳赏红叶 / 赠刘景文 …… 134

重阳赏菊 / 醉花阴 …… 130

登高 / 九日龙山饮 …… 126

重阳节 / 九月九日忆山东兄弟 …… 122

元 日

〔宋〕王安石

爆竹声中一岁除①,
春风送暖入屠苏②。
千门万户曈曈③日,
总把新桃④换旧符。

·作者简介·

王安石（1021—1086），字介甫，号半山。北宋著名的政治家、文学家、改革家，唐宋八大家之一。

·注释·

①除:过去。
②屠苏:古代一种酒名。
③曈曈:日出时光亮的样子。
④桃:桃符,古时挂在门外,有辟邪寓意的桃木牌。

·译文·

  旧的一年在热闹的爆竹声中结束,在暖暖的春风中畅饮屠苏美酒。初升的太阳照耀家家户户,人们都在忙碌着,将旧的桃符取下来,再换上新的桃符。

·爆竹·

爆竹起源至今已有2000多年的历史了，在没有火药和纸张的年代，人们用火烧竹子，使之爆裂发声，故称爆竹。而我们现在所熟知的鞭炮，是在火药发明以后不断改进形成的。古代的爆竹，传说是用来驱赶一种叫"年"的怪兽。因为年兽经常在岁末出来伤人，而它又最怕声响，所以人们就用爆竹声把它吓跑。

当大年初一的第一声鸡叫响起，家家户户便陆陆续续开始燃放爆竹，庆祝新年。在一些地区还有争着燃放第一声爆竹的习俗，因为当地人认为，第一个燃放爆竹的人家，会在这一年获得更多的福气。

·隆重的春节·

春节历史悠久,是中华民族最隆重的传统节日之一。人们把春节定于正月(农历一月)初一,春节的前一天叫作"除夕"。在古代,人们从腊月(农历十二月)二十三或二十四就开始"忙年"了,一直忙到正月十五。

汉宫春·立春日

〔宋〕辛弃疾

春已归来,看美人头上,袅袅春幡①。无端风雨,未肯收尽余寒。年时②燕子,料今宵梦到西园。浑未办、黄柑荐酒,更传青韭堆盘。

却笑东风从此,便薰梅染柳,更没些闲。闲时又来镜里,转变朱颜。清愁不断,问何人会解连环?生怕③见花开花落,朝来塞雁先还。

· 作者简介 ·

辛弃疾(1140—1207),原字坦夫,后改字幼安,号稼轩,南宋词人。其词以豪放风格为主,现存词600多首,有词集《稼轩长短句》等传世。

·注释·

① 春幡:立春时妇女头上戴的用彩纸或布帛做成的饰物。
② 年时:即去年。
③ 生怕:最怕,只怕。

·译文·

　　春天已经重回人间了,你看那美人头上,摇摇颤颤的五彩春幡。无端地又来了一阵风雨,却未将残余的寒冷收敛起来。去年的燕子,我想它今晚一定会在梦中回到西园。我还没有心思去准备立春日需要的黄柑新酒,和堆满青韭的五辛盘。

　　可笑那无知的东风,此时就忙着把梅柳熏(xūn)染打扮,一刻也停不下来。有了空闲便又钻到镜子里,改变镜中人的青春容颜。平白而生的愁绪总是不断,试问有谁能解开连环?最怕见到花开和花落,早晨,塞北的大雁已比我先回到北方。

·立春·

　　立春是二十四节气中的第一个节气,是春季的开始。立春之后天气变暖,春耕开始,希望也随之而来。

·春神——句芒·

　　句(gōu)芒名重,是主宰草木生长的神仙,也主宰农业,和人首蛇身的伏羲(xī)一起掌管着春天。句芒有着人的脸和鸟的身体,身长三尺六寸五分,象征一年三百六十五天;手执二尺四寸长的柳鞭,象征着一年的二十四节气。

· 咬春祈福 ·

据记载，南北朝时期就有咬春的习俗。那时咬春一般吃萝卜，据说咬春可以解除春天的困乏。

咬春时还要吃"春盘"，也叫"五辛盘"。大蒜、小蒜、韭菜、芸薹（tái）、胡荽（香菜）等五种有辛香气味的蔬菜习惯上被称为"五辛"（不同时期和地域，"五辛"的种类也有所不同）。后来，春盘中菜品的种类日渐丰富，后来还有用面饼卷菜丝来食用的，这就是春饼和春卷。在宋、明时期，朝廷还有在立春之日赐百官春饼的传统。

因为"辛"和"新"同音，在立春日吃五辛盘，承载了人们迎新纳福的美好愿望。

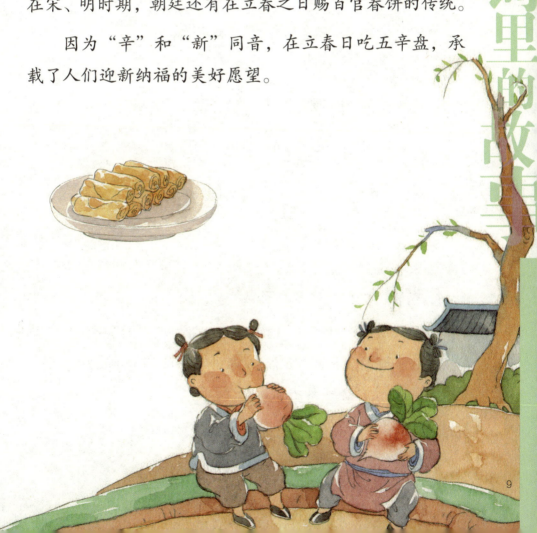

立春偶成

〔宋〕张栻

律回①岁晚冰霜少，

春到人间草木知。

便觉眼前生意②满，

东风吹水绿参差③。

· 作者简介 ·

张栻（shì，1133—1180），字敬夫，后避讳改字钦夫，又字乐斋，号南轩，汉州绵竹（今四川省绵竹市）人。南宋著名理学家和教育家。

· 注释 ·

① 律回:律,规律。律回指季节有规律地更替。
② 生意:生机勃勃的样子。
③ 参差:长短、高低、大小不齐的样子。此处形容风吹绿水所产生的荡漾(yàng)的波纹。

· 译文 ·

　　立春了,冰雪都已经快消融不见了,春天到来,草木最先知晓。眼前一片绿色,充满了勃勃生机,一阵东风吹来,春水碧波荡漾。

·鞭春·

相传从隋唐时期开始，在立春的时候要"执杖鞭牛"，轻轻抽打老牛的屁股，告诉它该下地干活啦！这就叫鞭春，也叫打春牛。

古代打春牛的活动大多由官方组织，有一定的仪式。人们借打春牛的方式，提醒人们催牛耕田、勿误农时。

在有些地区，人们还会制作泥塑彩绘的牛，来作为打春牛的对象。

·抢春·

打春牛时还有一种习俗，就是大家要打碎泥制春牛。春牛里原本填充的五谷以及碎落满地的土块，都会被众人欢快地抢走，这叫"抢春"，抢春就是抢吉祥。

古诗词里的故事

上元竹枝词

〔清〕符曾

桂花香馅裹①胡桃②,
江米如珠井水淘。
见说马家滴粉好,
试灯风里卖元宵。

· 作者简介 ·

符曾（1688—1760），字幼鲁，号药林，浙江钱塘（今浙江省杭州市）人。清代浙派著名代表诗人。

· 注释 ·

① 裹：缠绕，包。
② 胡桃：核桃。

· 译文 ·

香甜的桂花馅料里裹着核桃仁，用井水来淘洗像珍珠一样的江米，听说马思远家的滴粉汤圆做得好，趁着试灯的光亮在风里卖元宵。

·元宵节·

元宵节为每年的正月十五日,是中国古代最为隆重的节日之一,又称"上元节"。而根据道教"三元"的说法,上元正月十五是天官赐福日,中元七月十五是地官赦(shè)罪日,下元十月十五是水官解厄(è)日。

·浙派诗人·

浙派诗人大多是江浙一带人。清代初年黄宗羲（xī）初创浙派诗，清中期浙派兴盛，是清代重要的诗歌流派。诗词内容强调学问，其风格崇尚"幽新"。

·吃元宵·

说起元宵节，当然少不了吃元宵。南宋时元宵就已经是上元节流行的节日食品了。元宵节吃元宵，有团圆美满的寓意。直到现在过元宵节，人们仍喜欢吃不同品种的元宵，否则总感觉少了那么点儿节日氛（fēn）围。

青玉案·元夕

〔宋〕辛弃疾

东风夜放花千树,更吹落,星如雨①。宝马雕车②香满路。凤箫声动③,玉壶④光转,一夜鱼龙舞⑤。

蛾儿雪柳黄金缕,笑语盈盈暗香去。众里寻他千百度,蓦然⑥回首,那人却在,灯火阑珊⑦处。

· 创作背景 ·

这首词作于南宋淳熙元年（1174年）或二年（1175年）。当时强敌压境、国势日衰,而南宋统治阶级却不思恢复,偏安江左,粉饰太平。洞察形势的辛弃疾特别想带领军队收复北方,却一直未能如愿。他满腹的激情、哀伤、怨恨,交织成了这幅元夕求索图。

·注释·

① 星如雨：指焰火纷纷，飘落如雨。星，指焰火。
② 宝马雕车：装饰华美的车马。
③ 凤箫声动：凤箫演奏起音乐。
④ 玉壶：指皎洁的明月。
⑤ 鱼龙舞：指舞着鱼形、龙形的灯。
⑥ 蓦然：突然，猛然。
⑦ 阑珊：零落、稀疏的样子。

·译文·

　　各样的彩灯挂在高处，就像东风一夜之间吹开了千树万树的花，漫天的焰火也被风吹散，纷落如雨。马匹名贵，车辆华美，满路芳香。凤箫奏出优美动人的乐曲，皎洁的明月渐渐西斜，鱼形灯、龙形灯飞舞，从夜晚一直要舞到天亮。

　　观灯的美人们头上戴着各种饰品。她们有说有笑地随着人群走过，暗香飘动。可是，有一位最中意的美人，我在人群里千百次地寻找她，都不见她的踪影。突然，我回头一看，发现她一个人站在灯火零落的地方。

古诗词里的故事

·绚丽的焰火·

相传焰火始于隋唐,在宋朝时兴盛。元宵节时,绚丽多彩的焰火在夜空中绽放,虽然短暂,却为节日增添了热闹的气氛。

·元宵花灯·

赏花灯是元宵节的重要习俗。起初，元宵节灯饰种类很少，而且是静止的，不能转动。后来发展出了各种样式，装饰性逐渐加强，各种材质、形状、题材都有。唐代时还出现了灯树（一种形状如树的灯架）以及高高的灯楼。到了宋代，灯上还设置了机关，有些部件可以活动。

说起带有机关的花灯，就不得不提到"走马灯"了。走马灯的纸轮上粘贴着带有人物、车马形象的剪纸，纸轮下有个木杆，可借助灯内火焰的热力驱动，带动纸片不停地旋转，那些形象仿佛活了起来，如你追我赶一般，"走马灯"因此得名。

正月十五夜

〔唐〕苏味道

火树银花①合,星桥铁锁开②。
暗尘③随马去,明月逐人来④。
游伎皆秾李⑤,行歌尽落梅。
金吾不禁夜,玉漏⑥莫相催。

·作者简介·

苏味道(648—705),赵州栾(luán)城(今河北省石家庄市栾城区)人,唐代政治家、文学家。文采出众,曾在武则天时任宰相。

· 注释 ·

① 火树银花：焰火绚烂的样子，这里特指元宵节的彩灯。

② 铁锁开：宫禁的铁锁都打开了。

③ 暗尘：暗处扬起的尘土。

④ 逐人来：追随人流而来。

⑤ 秾李：打扮得花红柳绿、艳若桃李。

⑥ 玉漏：滴漏是古代的计时器，民间的大多是铜做的，这里指玉做的滴漏。

· 译文 ·

到处明灯错落，在灯光照耀下，树如火树，灯如银花，连皇城平时紧闭的铁锁这时都打开了。人潮涌动，马蹄下尘土飞扬，天上的月亮也随着人在走。月光灯影下的歌伎们花枝招展、浓妆艳抹，一面走，一面高唱《梅花落》。京城取消了宵禁，计时的玉漏啊，你可不可以不要再催促了。

· 没有宵禁的夜晚 ·

唐代是中国历史上一个大一统的王朝,这一时期国力雄厚,社会繁荣。

唐代例行宵禁,也就是到了晚上会禁止人们外出活动。但到了元宵节,官方会暂时取消宵禁,允许百姓出门游玩。所以元宵节也是古人的"狂欢节",人们可以尽情娱乐。

·元宵灯期·

唐代元宵节的灯期是正月十四、正月十五、正月十六三天,在这三天里,人们可以尽情逛灯会。

到了宋代,灯期由三天增加到了五天。明代时,灯期从正月初八到正月十七,延长到了十天,而且朝廷还会给官员放十天假。庆祝元宵节的同时还能好好休息,不难想象古人对这一节日有多重视了。

古诗词里的故事

春晓①

〔唐〕孟浩然

春眠②不觉晓③，
处处闻④啼鸟。
夜来风雨声，
花落知多少。

· 作者简介 ·

孟浩然（689—740），名浩，字浩然，襄州襄阳（今湖北省襄阳市）人，唐代著名的山水田园派诗人，世称"孟襄阳"。因他没有步入仕途，世人又称他为"孟山人"。

·注释·

① 春晓：春天的早晨。
② 眠：睡觉。
③ 晓：天亮。
④ 闻：听到。

·译文·

春天的清晨睡得正香，不知不觉天已亮了，到处都能听到鸟在欢唱。回想昨夜听到窗外有风雨的声音，不知道吹落了多少轻盈美丽的春花。

·雨水·

雨水节气一般从公历的2月18日或19日开始,这个时节冰雪开始消融,水重新活跃起来,蒸腾降落,如此循环往复。因为这个节气之后降雨明显多于之前,古人便称这个节气为"雨水"。别看春雨会打落窗外的花儿,但这雨水对于农作物来讲,可是很宝贵的,这时冬小麦普遍返青生长,正是需要水分滋养的时候。

·山水田园诗·

如果说二十四节气是一年之中大自然赠予我们的短暂可感的时令,那山水田园诗就是诗人在恰到好处的时间捕捉到自然景象,然后将其封存在纸上。多美妙啊,诗人不只写历史、哲思和怀才不遇,还写山水田园。

陶渊明开创了东晋田园诗派,谢灵运、谢朓(tiǎo)等诗人又引领了南朝山水诗派,而《春晓》的作者孟浩然和王维等诗人又将其发展成了盛唐的田园牧歌。

诗人们将凡俗思想抛开,亲近自然,感受自然,寄情山水田园。他们的文风细腻,既写清幽的竹林小径,也写静谧(mì)的山野,笔下都是他们所向往的悠然生活。

江南春

〔唐〕杜牧

千里莺啼①绿映红,

水村山郭②酒旗③风。

南朝④四百八十寺⑤,

多少楼台⑥烟雨中。

· 作者简介 ·

杜牧(803—853),字牧之,号樊川居士。京兆万年(今陕西省西安市)人。唐代杰出的诗人、散文家,在晚唐成就颇高。

·注释·

① 莺啼：黄莺、燕子鸣叫歌唱的景象。

② 郭：外城，此处指城镇。

③ 酒旗：挂在酒家门前表明出售酒水的标志。

④ 南朝：指古代中国历史上的宋、齐、梁、陈政权。

⑤ 四百八十寺：南朝皇帝和大臣推崇佛教，在都城建康（今南京市）建了很多寺院。这里说的四百八十寺，是虚指，表示数量非常多。

⑥ 楼台：亭台楼阁，此处指佛寺。

·译文·

广袤（mào）的江南在春天迎来莺歌燕语，绿树映衬着红花，水畔的村落、山麓（lù）、城郭处处飘扬着酒旗。南朝留给这里很多座寺庙，数不清的亭台楼阁都笼罩在朦胧烟雨之中。

·降水类节气·

《江南春》的诗中有"多少楼台烟雨中"这样的句子,仿佛烟雨笼罩住的不只是亭台楼阁,还有南朝历史。

人类生活是离不开水的,二十四节气中,就有好几个降水类节气,古人根据降水的时间、降水量的大小、降水的性质来为节气命名。二十四节气中的雨水、谷雨、小雪和大雪这四个节气就属于降水类节气。

·北造像,南造寺·

两晋之后,中国历史上有一段长期的南北分裂阶段,南朝和北朝并立。南朝指在南方以京师建康(今南京市)为中心的宋、齐、梁、陈四个朝代的政权,北朝则包括北魏、东魏、西魏、北齐和北周。南北朝期间佛教广泛传播,出现了"北造像,南造寺"的盛况。北朝建造了很多佛像,南朝则建了很多寺庙,因此诗人形容南朝有"四百八十寺"。

二月二日

〔唐〕李商隐

二月二日江上行,东风日暖闻吹笙。
花须①柳眼②各无赖③,紫蝶黄蜂俱有情。
万里忆归元亮井④,三年从事亚夫营⑤。
新滩莫悟游人意,更作风檐夜雨声。

· 作者简介 ·

李商隐(813—858),字义山,号玉谿(xī)生,怀州河内(今河南省沁阳市)人。晚唐杰出诗人,和杜牧合称"小李杜"。

· 注释 ·

① 花须：花蕊。因花蕊细长如须，所以称为"花须"。
② 柳眼：柳叶初生时细长的样子，如刚刚睁开的眼睛。
③ 无赖：这里是可爱的意思。
④ 元亮井：陶渊明字元亮，元亮井是陶渊明故居中的一口井。此处借指作者自己的家园。
⑤ 亚夫营：汉文帝时大将周亚夫屯兵细柳（在长安附近），后世称"柳营""亚夫营"。这里暗指作者入职寄居的柳氏幕府。

· 译文 ·

　　二月二日那天在江边踏青，春风吹拂，阳光和煦（xù），吹笙的乐音传入耳畔。花蕊和柳叶可爱，紫蝶和黄蜂都满含深情。客居在万里之外的异乡，经常想着回归故里，在柳氏幕府羁（jī）留已有三年时光。江上的新滩不理解我这个游人的心情，反而发出了深夜落雨、风吹屋檐的凄清之声。

·龙抬头·

在民间,农历二月初二还被叫作"龙抬头",这个时候青龙星宿(xiù)从东面的地平线上开始显现,慢慢升起,所以有了这个俗称。

人们还传说从二月二日开始,龙要行云布雨,为万物生长创造条件。同时二月初又是春回大地、农事开始之时,此时往往百虫出蛰(zhé),各种蚊虫蠢蠢欲动,所以民间还有一些助力龙抬头的习俗,如扶青龙、引青龙、薰虫、咬虫等,为的是祈求神龙能够成功降雨,保佑这一年风调雨顺、庄稼丰收。

·剃龙头·

清朝的时候,人们剃发蓄辫,不过在正月里是不剃头发的,一直等到二月初二"龙抬头"这一天,才开始剃头,以求得一年的好运。

直到今天,"剃龙头"的习俗依然盛行,每年的农历二月二这天,理发店的生意都会格外红火。

·惊蛰·

公历3月5日—3月6日,太阳到达黄经345°,惊蛰节气伴着春雷到来了。从这天开始,春雷始鸣,像闹钟一样,冬眠赖床的动物们再也没有安静的日子了。"启户始出",小动物像人类一样走出藏身之处,万物生机勃勃,开始了春天的狂欢,所以这个节气叫"惊蛰"再贴切不过了。

绝句二首（其一）

〔唐〕杜甫

迟日①江山丽，
春风花草香。
泥融②飞燕子，
沙暖睡鸳鸯③。

· **作者简介** ·

杜甫（712—770），字子美，自号杜陵布衣、少陵野老。杜甫曾任检校工部员外郎之职，所以世人也称他为杜工部。唐代著名的现实主义诗人，约有1500首诗歌传世，被后人称为"诗圣"，他的诗被称为"诗史"。

·注释·

①迟日：指春日。春天到了，白昼时间慢慢变长，所以说迟日。
②泥融：泥土湿润。
③鸳鸯：一种水鸟，雄鸟和雌鸟经常成对出现。

·译文·

　　江山沐浴在春光中，秀丽美好，春风携带着花草的香气。燕子衔着湿泥忙着筑巢（cháo），温暖的沙子上睡着一对对鸳鸯。

·春分·

每年公历的3月20日或21日，太阳直射赤道，昼夜等长，燕子来了，"桃花汛"形成。这时候，就算你没有看日历，也该知道是春分节气登场了。春分的"分"可以理解成将白天和黑夜均等划分，又有平分春季的意思。春分过后，白昼越来越长，气温回升速度加快了，人们需要在白天忙碌的事情也变多了。

·祭日神·

古人对未知的世界有很多思考，由于很多现象解释不清楚，渐渐衍（yǎn）生出很多关于天神的传说。据《山海经》记载，日神羲和是中国古代神话中天神的妻子、太阳的母亲，生了十个太阳。她每天驾着神龙拉的车子，安排太阳轮流巡游天空，对应凡间太阳的东升西落。

众多祭（jì）神的活动中，祭日神备受重视，明清两代帝王更是为祭日神专设了日坛，而祭日神如此重要的事情，古人就选在了春分这天进行。

社 日①

〔唐〕王驾

鹅湖山②下稻粱肥③,

豚栅④鸡栖⑤半掩扉⑥。

桑柘⑦影斜春社散,

家家扶得醉人归。

·作者简介·

王驾(851—?),字大用,诰命守素先生,河中(今山西省永济市)人,唐代诗人。

·注释·

① 社日：社是土地神，社日就是祭祀（sì）土地神的日子，分为春社和秋社。
② 鹅湖山：江西省铅山县境内的一座山。
③ 稻粱肥：田里庄稼长得很好，丰收在望。
④ 豚栅：猪圈。
⑤ 鸡栖：鸡舍。
⑥ 扉：门。
⑦ 桑柘：桑树和柘树，这两种树的叶子均可用来养蚕。

·译文·

　　鹅湖山下庄稼长势很好，丰收在望，院中的猪圈和鸡舍半开着门。红日西沉，桑树和柘树树影倾斜，春社结束了，家家搀扶着醉酒之人归来。

·社日祭神·

在许多神话传说里,土地神是一个慈(cí)祥老公公的形象,很受人们尊敬,是当地的保护神。

古时的春秋季各有一个祭祀土地神的日子,也就是春社和秋社。一般春社在春分前后,秋社在秋分前后。

古代劳动人民通过这些祭祀,祈祷土地神能帮他们减少自然灾害,让庄稼获得丰收,同时也借这样的节日放松娱乐,举行竞技活动,开展各种类型的表演,并且集体宴(yàn)饮,十分热闹。

·春耕·

春分之后,农民进入了最繁忙的阶段,《九九消寒歌》里说:"九九加一九,耕牛遍地走。"春分正是度过九九八十一天严冬之后开始农忙的日子。

清代宋琬有首诗《春日田家》:"野田黄雀自为群,山叟相过话旧闻。夜半饭牛呼妇起,明朝种树是春分。"诗中写的是夜里农夫去给牛加餐,回来还叫醒了老伴儿,商量第二天春分种树的事情。可见春季里万物生长,耕种庄稼的人有多么忙碌。同理,学子们也应当常用春朝(zhāo)来激励自己,珍惜时间,不负韶华。

寒食[①]

〔唐〕孟云卿

二月江南花满枝，
他乡寒食远堪悲。
贫居往往无烟火，
不独明朝为子推[②]。

·作者简介·

孟云卿（725—781），字升之，山东平昌（今山东省商河县西北）人，他的诗多以朴实无华的语言反映社会现实。

·注释·

① 寒食：我国古代的传统节日。一般在冬至后的一百零五日，清明节之前。因为家家禁火，只吃冷食，所以叫"寒食节"。

② 子推：见下页的"禁火寄哀思"。

·译文·

二月的江南，正是繁花盛开的时节，独自远在他乡又遇上了寒食节，内心感到无限凄凉。

贫困的生活三餐不继，常常不生烟火，并不单单是为了明天纪念古代贤士介子推而专门断炊。

·禁火寄哀思·

据《左传》记载,公元前655年,晋国的骊姬(lí jī)为了让儿子奚齐当上国君,害死了太子申生,逼走了公子重耳。重耳流亡他乡,没有什么食物吃,他的追随者介子推就悄悄割下自己大腿上的肉制成汤羹(gēng)给重耳充饥,让他十分感动。

后来,重耳在秦国的帮助下回到晋国,成功继位,成为晋文公。赏赐(cì)功臣时,却把介子推给忘了。等到晋文公意识到自己的失误,亲自上门寻访介子推时,介子推和母亲已经躲到绵山上去了。

为了迫使他们母子二人出来相见，晋文公在他人的建议下放火烧山，只留一个出口。可是待山火烧尽后，介子推仍然没有下山。

最终人们在绵山上发现了抱树而死的介子推和他的母亲，晋文公很是懊悔，于是改绵山为介山，并下令全国在每年的这一日禁火寒食以示哀思。

寒食

〔唐〕韩翃

春城①无处不飞花,

寒食东风御柳②斜。

日暮汉宫传蜡烛③,

轻烟散入五侯家。

· 作者简介 ·

韩翃(hóng),字君平,南阳(今河南省南阳市)人,中唐诗人,"大历十才子"之一。他的诗笔法轻巧、写景别致,在当时传颂很广,著有《韩君平诗集》。

·注释·

① 春城：暮春时的长安城。
② 御柳：皇城御苑中的柳树。
③ 传蜡烛：寒食节全国禁火，但皇宫中可以点蜡烛，皇帝还会特别恩赐给权贵、宠臣点燃的蜡烛。

·译文·

　　春天的长安城里到处柳絮飘舞、落花纷飞，正逢寒食节日，东风吹得御柳枝条倾斜。日暮时分，宫中降旨赐出新火，那蜡烛的轻烟最先飘入五侯之家。

·寒食小长假·

在唐代，人们非常重视寒食节。据记载，唐玄宗时期，寒食节和清明节会一起放四天假，这可不是只给官员放假，平民和奴仆都会放假。到了唐德宗李适（kuò）的时候，假期更是延长到了七天。

古诗词里的故事

· 寒食赐火 ·

　　起初，古人每逢换季的时候都会更换新火，称为改火。天子要举行火神祭祀活动，并在更换新火之前禁火，人们只能吃事先准备好的冷食。

　　因季节不同，古人会选用不同的木头钻木取火。每到清明节时，唐代宫廷都会让宫禁内的小孩子钻榆（yú）木取火，先得到火的孩子，可获得皇帝赐给的绢三匹、银碗一只。皇帝还会把得到的火种赐予臣子，借以表示关怀。后来，改火逐渐演变为一年一次。

清 明

〔唐〕杜牧

清明时节雨纷纷①,
路上行人②欲断魂③。
借问酒家何处有,
牧童遥指杏花村。

· **作者概况** ·

  杜牧和杜甫都是西晋名将杜预的后人。杜牧出身于书香门第,天生早慧,十几岁就博览群书。杜牧一生沉浮起落,阅历深广,他的诗篇题材也很广泛。

·注释·

① 雨纷纷：蒙蒙细雨纷纷而降。
② 行人：指离乡旅行在外的人。
③ 欲断魂：愁苦到了极点。

·译文·

　　清明时节细雨纷纷洒落，离乡行路的人十分惆怅（chóu chàng）。我询问哪里有酒家，牧童指向远处杏花深处的村庄。

· 清明节 ·

清明节在每年公历的4月5日前后，是二十四节气中唯一演变为节日的节气，也是我国祭祀祖先的传统节日。祭祖、扫墓和踏青都是清明节重要的节日习俗，从周朝开始，距今已有两千多年的历史。

·插柳辟邪·

唐代时，清明还有戴柳、插柳的习俗，因为当时的人认为柳枝可以辟邪驱疫。

·青团·

青团是用浆麦草、艾草等的汁液与糯（nuò）米粉揉在一起，包进豆沙馅料制成的特色小吃，颜色碧绿，软糯清甜，十分可口，是江南很多地方清明节必备的传统食品之一。

古诗词里的故事

苏堤清明即事①

〔宋〕吴惟信

梨花风起正清明，
游子寻春半出城。
日暮笙歌②收拾去，
万株杨柳属③流莺④。

· **作者简介** ·

吴惟信，字仲孚，霅（zhà）川（今浙江吴兴）人，南宋后期诗人。他的诗风格清雅，秀丽自然。

· 注释 ·

① 即事：歌咏眼前的事物。
② 笙歌：乐声、歌声。
③ 属：归于。
④ 流莺：叫声婉转的黄莺。

· 译文 ·

风吹梨花的时候正是清明时节，游人为了寻找春意，多半都出城踏青了。太阳快落山时乐声已歇，游人归去，西湖边万千的杨柳树重新变成叫声婉转的黄莺的乐园。

· 清明活动 ·

除了踏青外,人们还常在清明节进行一些户外游戏,如荡秋千、蹴鞠(cù jū,踢球)、拔河等,好像一场春季运动会。

·清明踏青·

清明节前后是踏青郊游的好时节,此时天气转暖、草木萌发,人们纷纷在这一天结伴外出,到郊外扫墓,去山上踏青。

据记载,踏青习俗在汉代之前就已经流行。宋代时得到进一步的发展,明清时期这一习俗依然兴盛不衰,成为重要的节日文化之一。

丽人行（节选）

〔唐〕杜甫

三月三日天气新，

长安水边多丽人。

态浓①意远淑且真②，

肌理细腻③骨肉匀④。

·作者概况·

杜甫虽然有志于辅佐贤君、为国出力，但由于他没有投靠当时的丞相李林甫，所以奔走长安多年，始终郁郁不得志。这些困苦经历也使得他对于朝廷政治、社会现实有了更深刻的认识。

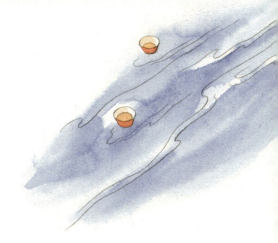

·注释·

① 态浓：姿态浓艳。
② 淑且真：淑美而不做作。
③ 肌理细腻：皮肤细嫩光滑。
④ 骨肉匀：身材匀称适中。

·译文·

　　三月三日正是阳春时节，天气晴好，长安曲江池畔聚集了好多美人。她们姿态浓艳神情高远，淑美而不做作，皮肤细嫩光滑，身材匀称适中。

·上巳节·

上巳（sì）是指农历三月上旬的第一个巳日，也叫"元巳"。曹魏时期，上巳节就固定在了三月初三。在古代，上巳节也是一个重要的节日。

·上巳习俗·

上巳节的风俗大多与水有关,其中重要的有祓禊(fú xì)礼。祓禊是指到河边祭祀河神,并在河中沐浴,古人认为这样能祛除身上附着的不祥之物。

此外,上巳节还有临水浮卵(这种活动历史久远,就是把煮熟的鸡蛋放在河水中,任其漂流,拾到者即可食用)、水上浮枣和曲水流觞(shāng)三种活动,其中最有名的就是曲水流觞了。它的过程是,先在水的上游放上盛着酒的杯子,任其顺流而下,杯子在哪里停止,旁边的人便可以取来一饮而尽,同时还要赋诗一首。魏晋后,曲水流觞便成为上巳节的主要活动之一,其中最出名的莫过于王羲之、谢安等人在会稽(kuài jī)山兰亭进行的曲水流觞活动了,王羲之还作了千古名篇《兰亭集序》。直到唐代,这一活动仍然十分流行。

春 chūn 日 rì

〔宋〕朱熹

胜日①寻芳②泗水③滨④,
无边⑤光景一时新。
等闲⑥识得东风⑦面,
万紫千红总是春。

·作者简介·

朱熹（xī,1130—1200），字元晦（huì），又字仲晦，号晦庵。徽州婺（wù）源（今属江西）人，是宋代思想家、哲学家、教育家，儒（rú）学的集大成者。

·注释·

①胜日:原指节日,此处指天气晴朗的好日子。
②寻芳:游春,踏青。
③泗水:河名,在今山东省。
④滨:水边。
⑤无边:无限。
⑥等闲:随便,寻常。
⑦东风:春风。

·译文·

　　春日阳光正好,和风拂面,游人到泗水河畔去寻找春天的美丽风光。抬眸(móu)远望,那无限春光一入眼,便给游人带来焕然一新的感觉。人们很容易就会发现春天的美丽景象,这万紫千红的景象不都是随春天而来的吗?

·踏青·

春天是万物生长的时节,新生的事物接连和我们打着招呼,我们也要有回应啊!

古代的小朋友回应春天的方式是外出踏青,踏青时还可以斗草、放风筝、斗鸡……无论大人还是小孩,把能在户外进行的活动项目都搬出来玩儿,好不热闹。

·等闲识得东风面，万紫千红总是春·

如果你是在春天读到这句"等闲识得东风面，万紫千红总是春"，自然是非常应景，因为《春日》本就是一首游春诗。不过，我们或许都被诗人"戏弄"了！该怎么解释呢？诗人给我们画了一个迷宫，这个迷宫却有两个出口。在游春之外，这首诗还藏着一点玄机。

首先引人怀疑的是前一句中的"泗水滨"，因为这泗水之滨恰好是孔子讲学传道的地方。而当时这个地方又正被金人占领。作者朱熹一生致力于研究儒家经典义理，很可能是将孔子之道比作唤醒世人的春风，借以表达他在乱世中对圣贤之道的期盼。寄情于景，正是这首诗的妙处！

大林寺①桃花

〔唐〕白居易

人间②四月芳菲③尽④,
山寺桃花始⑤盛开。
长⑥恨春归无觅⑦处,
不知转入此中来。

· 作者简介 ·

白居易（772—846），字乐天，晚年号香山居士。他是唐代伟大的现实主义诗人，非常关心百姓的疾苦。白居易有"诗魔"和"诗王"之称，他共留下三千多首诗歌，这些诗歌题材广泛、形式多样，语言平易通俗。

· 注释 ·

① 大林寺：庐山上有三个大林寺，此指上大林寺，在庐山峰顶。
② 人间：指此地村落。
③ 芳菲：芬芳的春花。
④ 尽：落尽。
⑤ 始：刚刚。
⑥ 长：通"常"。
⑦ 觅：寻找。

· 译文 ·

时间到了四月，寻常村落的春花都凋谢了，位于山上大林寺附近的桃花才刚刚开放。人们常说春天离开了，春天的风光就再也找不到了，没想到春天是转移到这里来了。

·高处不胜寒·

低处山村里的春花都已经凋谢了,高山上的花才刚刚绽放。《大林寺桃花》正是描述了这个有趣的地理知识:由于受地面辐射和大气对流的影响,山越高,气温就越低,花开得也越晚。

苏轼的《水调歌头》中,一句"高处不胜寒",同样讲到了这个气候特点。人在高处站着,总会感到寒冷。我们再往深处想一想,"高处不胜寒"又有了新的解释,在某方面造诣很深的人,能和他比肩达到同样水平的人就少了,自然会感到孤独。这样一想,金庸先生笔下"独孤求败"的名号,可能正是来源于此呢!

·高山植物·

高山上不同高度、不同时节的气候环境不一样,山上的雨水、雾气和阳光等条件也比山下多样化,所以高山上的植物种类比平原上多一点,也没什么可奇怪的。比如,当你去四川峨眉山的时候,会看到山脚下的平原主要生长着樟树,再高一点的地方生长着槭(qì)树,最高的位置生长着冷杉。不光这样,每到五六月份,还会有大片的杜鹃花,漫山开遍,为一向傲然独立的高山,增添一些喜庆的颜色。

古诗词里的故事

贺新郎·端午

〔宋〕刘克庄

深院榴花吐，画帘开、䌽衣①纨扇，午风清暑。儿女纷纷夸结束②，新样钗符艾虎③。早已有、游人观渡。老大逢场慵作戏，任陌头、年少争旗鼓。溪雨急，浪花舞。

灵均标致④高如许，忆生平、既纫兰佩⑤，更怀椒醑⑥。谁信骚魂千载后，波底垂涎角黍⑦。又说是、蛟馋龙怒。把似而今醒到了，料当年、醉死差无苦。聊一笑，吊千古。

· 作者简介 ·

刘克庄（1187—1269），字潜夫，号后村居士，莆田（今福建省莆田市）人。南宋豪放派词人，江湖诗派诗人。

·注释·

① 练衣：粗布麻衣。
② 结束：装饰、打扮。
③ 钗符艾虎：用菖蒲（chāng pú）、艾草叶等制成的虎形钗头符。
④ 标致：风度、风采。
⑤ 纫兰佩：将秋兰连缀在一起佩戴在身上，表示高洁的情怀。
⑥ 椒醑：椒是香料，醑是美酒，意思是以椒浸制的芳烈之酒，用来礼神。
⑦ 角黍：即粽子。

·译文·

　　深深的庭院里石榴花开得正艳，我撩起门帘，穿着粗布衣服摇着纨（wán）扇，让徐徐清风驱走正午的暑气。青年们纷纷夸耀自己的装束，戴着式样新颖的艾虎钗头符。游人们为了观看龙舟竞渡早早来到了江边。我年纪大了不愿参与，任凭街头上那些年轻人，争着敲锣打鼓挥舞彩旗。溅起来的水珠犹如阵阵急雨，江面上一片浪花飞舞。

　　屈原是那样的风度高雅，他生平喜欢将秋兰连缀在一起佩戴在身上，还经常怀揣（chuāi）着礼神的美酒，谁能相信千载后他的魂灵，会垂涎（xián）于水底下的几只粽子，还说什么怕蛟龙嘴馋发怒？假如他清醒地活到今天，料想他一定会说，还不如醉死在当年，反而省去许多苦恼怨烦。姑且写下这首诗作为笑谈，聊以凭吊屈原的千古英灵！

·端午节·

端午节也叫"端阳节",时间在农历五月初五。端午节非常古老,至今已经有两千多年的历史,是我国重要的传统节日之一。

在端午节插艾是重要的民间习俗。此外,人们还会用菖蒲、艾叶等制成虎形钗头符,称为"艾虎",或制成花环、佩饰佩戴,用来辟邪或祛病防疫。

古诗词里的故事

·屈原·

屈原是楚国贵族,职位是三闾(lú)大夫。他文采出众、忧国忧民,却因奸臣陷害,遭到放逐,心中悲愤不已。在外流亡的日子里,他听到楚国亡国的消息,悲痛万分,在五月五日这天绝望地行走在汨(mì)罗江边,最终沉江自尽。后人敬佩他的气节,便在每年农历的五月初五举行盛大的活动纪念他。直到今日,在湖南省汨罗市还有屈子祠。

渔家傲·五月榴花妖艳烘

〔宋〕欧阳修

五月榴花妖艳①烘，绿杨带雨垂垂重。五色新丝缠角粽，金盘送，生绡②画扇盘双凤。

正是浴兰③时节动，菖蒲酒美清尊共。叶里黄鹂时一弄，犹瞢忪④，等闲惊破⑤纱窗梦。

· **作者简介** ·

欧阳修（1007—1072），字永叔，号醉翁，晚号六一居士，吉州吉水（今属江西省吉安市）人。他是北宋政治家、文学家，唐宋八大家之一。

·注释·

① 妖艳：红艳似火。
② 生绡：未漂煮过的丝织品。古时多用来作画，因亦指画卷。
③ 浴兰：见第 81 页"浴兰节"。
④ 䰃松：朦胧，模糊不清。
⑤ 惊破：打破。

·译文·

　　五月是石榴花开的季节，杨柳被细雨润湿，枝叶低低沉沉地垂着。人们用五彩的丝线扎起粽子，煮熟了盛进镀金的盘子里，送给闺中女子。

　　这一天正是端午，人们沐浴更衣，想祛除身上的污垢和秽（huì）气，举杯饮下菖蒲酒以驱邪避害。窗外树丛中不时传来黄鹂鸟的鸣唱声，打破闺中的宁静，惊扰了那纱窗后手持双凤绢扇睡眼惺忪的女子的美梦。

·粽子·

粽子也叫"角黍（shǔ）"。相传在屈原投江后，人们感念他的气节，便向江里投放饭团以祭奠（diàn）他的亡灵。后来屈原托梦告诉乡亲，饭团都被蛟龙给吃了，以后再投放饭团，要用丝线和树叶把饭团包起来，蛟龙就不敢吃了，由此便有了粽子现在的模样。

这个故事虽是传说，但粽子作为端午食俗，是人们祭祀屈原的方式之一。

·菖蒲酒·

菖蒲酒是用菖蒲泡酒制成的,古人认为在端午节饮用它可以祛毒防疫,除此之外还有喝雄黄酒、艾酒的。

·浴兰节·

晋代时把农历五月初五称为"浴兰节"。古人认为兰草有药用和辟邪的功能,所以有用兰草煎汤沐浴的习俗,希望可以达到祛除疾病的目的。

古诗词里的故事

午日①观竞渡

〔明〕边贡

共骇群龙水上游,不知原是木兰舟②。
云旗猎猎翻青汉③,雷鼓嘈嘈④殷⑤碧流。
屈子冤魂终古⑥在,楚乡遗俗至今留。
江亭暇日⑦堪高会⑧,醉讽离骚不解愁。

· **作者简介** ·

边贡(1476—1532),字廷实,号华泉,山东历城(今山东省济南市)人。明代著名诗人、文学家。

·注释·

① 午日：端午节这天。

② 木兰舟：这里指龙舟。

③ 青汉：云霄。

④ 嘈嘈：形容声音嘈杂。

⑤ 殷：多音字，此处读三声，形容雷声隆隆。

⑥ 终古：从古至今。

⑦ 暇日：空闲。

⑧ 高会：指端午节聚会观竞渡。

·译文·

端午节这天，人们惊骇于群龙在水上嬉戏，却不想原来这是装饰成龙形的船。船上彩旗在空中招展，喧闹的锣鼓响声如雷，震动了江水。屈子殉（xùn）节的冤魂从古到今仍然不肯散去，楚地的旧风俗一直流传到今天。这样闲暇的日子，正适合在江亭饮酒聚会，醉中诵念《离骚》，哪觉得其中的忧愁。

·赛龙舟·

端午节也叫"龙舟节",因人们会在这天举行龙舟竞渡而得名。这一习俗源于上古时候对龙图腾的崇拜,后来端午节增加了纪念屈原的文化内涵,于是又有了求水神守护屈原遗体的意思,寄托了世人的缅(miǎn)怀之意。舟为龙形,是人们崇拜龙的表现,因为龙行于天,也潜于水,人们在端午节里赛龙舟,祈求一年的风调雨顺。

·龙舟的种类·

民间的龙舟主要分为游玩龙舟、祭礼龙舟和竞渡龙舟三大类。其中竞渡龙舟的船头船尾一般都会有装饰,并相对狭长窄小一些。与古代不同的是,现在凡是用于竞渡的船,不管船身是否为龙形、船上是否有龙形装饰,都统称"龙舟"。

三衢① 道中

〔宋〕曾几

梅子黄时②日日晴，
小溪泛尽③却④山行⑤。
绿阴不减⑥来时路，
添得黄鹂四五声。

· 作者简介 ·

曾几（jī）（1084—1166），字吉甫，自号茶山居士，南宋诗人。曾几的诗风格活泼轻快，形象生动，多写日常生活，也有抒发爱国情怀的作品。著有《茶山集》。

·注释·

① 三衢：三衢山，在现在的浙江省常山县。
② 梅子黄时：农历五月的时候，长江中下游的梅子熟了，这个时期天气经常阴雨连绵，被称为"黄梅天"。
③ 泛尽：小船行驶到了溪流的尽头。
④ 却：再，又。
⑤ 山行：在山路上行走。
⑥ 不减：没有减少。

·译文·

　　梅子成熟的季节里，难得每天都是晴朗的好天气，我乘着小舟到了小溪尽头，又沿着山路继续游览。山路上苍翠的树木，和来时水畔的树一样茂密，头上还增添了黄鹂的歌声。

·早梅雨和迟梅雨·

梅雨也有淘气的时候，有些年份，梅雨来得很早，5月底就会突然来袭。人们就把"芒种"以前开始的梅雨，称为"早梅雨"。由于早梅雨开始时，气温较低，农谚说"吃了端午棕，还要冻三冻"就是在说这个时节有些冷的意思。与早梅雨相对的是姗姗来迟的"迟梅雨"，有时候会延迟至6月下旬开始。因为迟梅雨出现时常伴有雷雨、阵雨天气，所以迟梅雨又被称为"阵头黄梅"。

·黄梅雨和倒黄梅·

每年6月中旬到7月中旬,汪洋大海像是终于被春天唤醒,幻化成游龙飞到天空中,阴云徘徊在江南上空久久不散。潮湿天气霉菌异常活跃,而这时,又恰逢梅子成熟,一片黄色挂上了绿色枝头。这段带着点疯狂、长达一个月之久的雨季便得了"黄梅雨"的名字。

而等"天龙"终于游走,凡间万物步入盛夏已达数日,不知行至哪里的"天龙"猛地一个调头,和人们开了个玩笑,黄梅雨再次来袭,这就是"倒黄梅"了。

秋夕

〔唐〕杜牧

银烛①秋光冷画屏②,
轻罗小扇③扑流萤④。
天阶⑤夜色凉如水,
坐看⑥牵牛织女星。

·作者概况·

杜牧十分擅长写七言绝句,内容以咏史抒怀为主,在晚唐成就非常高。后世把杜牧与李商隐并称为"小李杜",与李白、杜甫合称之"大李杜"相区别。

·注释·

① 银烛：白蜡烛。

② 画屏：屏是室内挡风或作为障蔽的用具，绘有图画的叫画屏，也有装饰功能。

③ 轻罗小扇：用轻而薄的丝织品制成的小扇。

④ 流萤：飞来飞去的萤火虫。

⑤ 天阶：一作"瑶阶"，即玉阶。

⑥ 坐看：一作"卧看"。

·译文·

　　白烛秋光清冷地照着画屏，宫女手里拿着轻巧的小扇子，无聊地扑打着飞来飞去的萤火虫。宫中夜色深沉，寒意袭人，她坐在冰冷的台阶上，凝望着牵牛星和织女星。

·七夕·

　　七夕节在农历的七月初七,因为两七相重,所以也叫"双七"。古代又把七月叫作"兰月",所以七夕这个独特的夜晚还被称为"兰夜"。七夕不仅是女孩子的专属节日,它还是一个特别的日子,因为在这一天还流传着关于牛郎和织女的动人故事。

·银河·

古代人们由于崇拜自然天象,引发了许多奇思妙想,甚至将夜空中的星星与陆地上的景物对应起来。那时,人们就把横跨星空的一条乳白色亮带(银河)想象成"天河",银河在中国古代还有很多个名字,有银汉、星河、星汉、云汉等。

银河很美也很壮观,夏秋晴夜,星空浩瀚,银河伸展,上千亿颗星星散发出的光芒铺就一道银河。牛郎星和织女星隔着银河对望。如此景致,自然会引发人们的遐(xiá)想。汉朝时,民间就流传出一个美丽的神话传说,也就是牛郎织女的故事。

鹊桥仙

〔宋〕秦观

纤云①弄巧②,飞星③传恨,银汉④迢迢暗度⑤。金风玉露⑥一相逢,便胜却人间无数。

柔情似水,佳期如梦,忍顾⑦鹊桥归路。两情若是久长时,又岂在朝朝暮暮⑧。

· 作者简介 ·

秦观(1049—1100),字少游,又字太虚,号淮海居士,高邮(今江苏省高邮市)人。他是北宋婉约派的代表词人之一。

·注释·

① 纤云：秋天的细云。
② 弄巧：指云彩在空中幻化成各种巧妙的形状。
③ 飞星：移动着的星星，这里指流星。
④ 银汉：银河，也叫天河。
⑤ 迢迢暗度：指牛郎、织女每年七夕相会路途遥远。迢迢，形容路途遥远。
⑥ 金风玉露：秋风和露水，这里指秋季佳期。
⑦ 忍顾：怎能忍心回顾。
⑧ 朝朝暮暮：指日日夜夜在一起。

·译文·

　　纤薄的云彩在天空中变幻多样，天上的流星传递着相思的愁怨，牛郎和织女从迢迢银河两边双双暗渡。在秋风白露的七夕只有一次相会，却胜过尘世间无数的日日夜夜。

　　他们的柔情深长似水，短暂的相会如梦幻一般，怎能忍心回头去看那鹊桥归路？只要两情相悦永远不变，又何必贪求朝朝暮暮在一起呢！

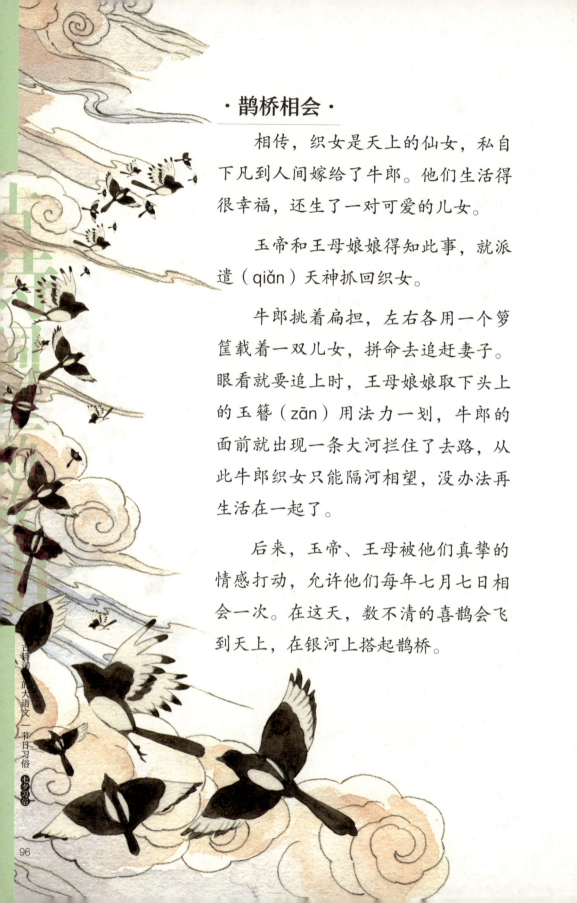

·鹊桥相会·

相传,织女是天上的仙女,私自下凡到人间嫁给了牛郎。他们生活得很幸福,还生了一对可爱的儿女。

玉帝和王母娘娘得知此事,就派遣(qiǎn)天神抓回织女。

牛郎挑着扁担,左右各用一个箩筐载着一双儿女,拼命去追赶妻子。眼看就要追上时,王母娘娘取下头上的玉簪(zān)用法力一划,牛郎的面前就出现一条大河拦住了去路,从此牛郎织女只能隔河相望,没办法再生活在一起了。

后来,玉帝、王母被他们真挚的情感打动,允许他们每年七月七日相会一次。在这天,数不清的喜鹊会飞到天上,在银河上搭起鹊桥。

·晒物习俗·

农历七月正值夏末秋初，天高云淡，秋高气爽，古人用"朗景"来形容这个季节，听起来就让人非常愉快。天气这么好，人们就选择七月七日这天做一些有意义的事情，比如将夏季受潮的物品拿出来晾晒，所以七月七日就有晾晒衣物和书籍的习俗。

三国时期，曹操请司马懿（yì）出山辅佐他，司马懿假装有病推辞不出，曹操派人暗中查探，发现七月七日这天，司马懿把书搬出来晒太阳。曹操非常生气，命人让司马懿入朝任职，如果司马懿再不给他面子，他就要抓人了，司马懿没办法，这才答应辅佐曹操。

乞巧

〔唐〕林杰

七夕今宵看碧霄①,
牵牛织女渡河桥②。
家家乞巧③望秋月,
穿尽红丝几万④条。

· **作者简介** ·

林杰（831—847），字智周，福建人，唐代诗人。相传林杰从小聪明过人，六岁就能赋诗，下笔成章，还擅长书法和棋艺。

· 注释 ·

① 碧霄：广阔无边的天空。
② 渡河桥：渡过天河的鹊桥。
③ 乞巧：此处指对月穿针。
④ 几万：形容非常多。

· 译文 ·

　　七夕节晚上，遥望深蓝的夜空，就好像看见了牛郎和织女在天河的鹊桥上相会。人间每家每户的小院子里，有人在观赏秋月，有姑娘在对月穿针，穿过的红线恐怕有几万条！

·乞巧习俗·

古代人特别重视女子的女红（gōng），所谓女红，是指纺织、刺绣、缝纫等技艺。在古人的观念中，女红好的女孩子才是巧女。

在古代，七月初七是专属于女子的节日，这天，女孩子们会穿七孔针向织女乞巧。一方面祈求自己心灵手巧、长得漂亮，另外也希望自己可以嫁个如意郎君。

汉代人们还会在七夕乞巧时搭建彩楼，一般是在庭前开阔的地方搭建楼台，将其装饰成五彩的样子。七夕时便在这个楼台上拜仙、乞巧。这种楼台在汉代被称为"开襟（jīn）楼"，在唐宋及以后称为"乞巧楼"或"穿针楼"。

·吃巧食·

除了乞巧外,在民间,人们七夕节时还要吃"巧食",一般有饺子、馄饨、面条等,具体的食物每个地区都不一样。

十五夜望月寄杜郎中

〔唐〕王建

中庭①地白②树栖鸦，
冷露无声湿桂花。
今夜月明人尽望，
不知秋思③落谁家。

· **作者简介** ·

王建（约767—约830），字仲初，许州（今河南省许昌市）人，中唐诗人。王建擅长乐府诗，与张籍齐名，世称"张王"。一般认为这首诗是王建写给他的好友杜元颖的。

·注释·

① 中庭：庭院中。
② 地白：白色的月光照在庭院的地上。
③ 秋思：秋天的情思中往往饱含悲凉，这里是指思念朋友的情绪。

·译文·

月光如银洒在庭院中，地上好像铺上了一层白霜，树上的鸦雀停止聒（guō）噪，进入了梦乡，清冷的秋露悄悄地打湿庭院中的桂花。今夜，人们都在望着同一轮明月，不知秋思落在了谁的心上。

·中秋节·

中秋节也叫"八月节",时间在每年农历的八月十五。

我国的一些传统节日之所以常和月亮有关,是因为古人对月亮有着独特感情。白天有太阳的时候,人们劳作还算方便,而到了太阳落山以后,在漆黑的夜晚能给人们带来光亮的,除了火,恐怕就只有月亮了。

所以古人对月亮充满了崇敬和感激,并认为满月也象征着人的团圆,于是在中秋节这天看到圆月当空时,也常常会思念故乡,思念亲人,渴望团圆。

·月饼·

月饼也叫"团圆饼",一边赏月一边吃月饼,可以说是中秋节最重要的习俗之一。最初,月饼可能是用来拜月的供品,宋代开始,成了节令食品。明代以后,月饼在品种、用料、口味和样式上不断变化,发展到今天,更是出现了相当丰富的品种。

古诗词里的故事

天竺寺八月十五日夜桂子

〔唐〕皮日休

玉颗①珊珊下月轮,

殿前拾得露华新②。

至今不会天中事,

应是嫦娥掷与人。

· 作者简介 ·

皮日休(约834—约883),字逸少,后改袭美,自号鹿门子、间气布衣、醉吟先生等,襄阳(今湖北省襄阳市)人,晚唐诗人、文学家。他的诗很有风骨,也常常带有自己的评价和议论。

·注释·

① 玉颗：丸状玉粒。此处借以比喻桂花。
② 露华新：指带着露珠的桂花在月光下晶莹清新。

·译文·

桂花从天而降，好像是从月宫里飘落下来的一样。拾起殿前的桂花，只见其在月光下晶莹清新。我到现在也不明白天上那些故事，这桂花大概是嫦娥撒下来送给众人的吧。

·捣药的玉兔·

相传嫦娥奔月时,玉兔咬着嫦娥的衣裙跟随,和她一同飞到了月亮上,从此就在广寒宫里不停地捣药。在民间传说中,玉兔除了捣药还能下凡给人治病,据说还曾解除了人间的瘟疫。直到现在北京城的人还用泥塑造各式各样的玉兔形象,俗称兔儿爷,不管大人和小孩对它都十分喜爱。

·拜月的由来·

相传,嫦娥是射日英雄后羿(yì)的妻子,在后羿立下奇功拯救百姓后,天上的西王母赐给他两颗长生不老药。后羿舍不得吃下,便将这两颗仙药交给妻子嫦娥保管。

后羿有一个叫逢(páng)蒙的徒弟,心术不正,当他得知长生不老药的事情后,便趁着后羿外出,溜进后羿家中,逼迫嫦娥交出仙药。嫦娥被逼无奈,自己将仙药服下,结果身体变得轻盈,飞出窗口,升上了天空。

由于嫦娥挂念丈夫,不想离开太远,就在距离人间最近的月亮上住下来,成了月宫仙子。

后羿回到家后伤心欲绝,于是就在庭院中摆放供果,向天上的明月叩拜遥祭,盼望夫妻团圆。四邻见状也纷纷摆上供果,遥祝他们团圆,传说这就是中秋拜月的由来。

水调歌头·明月几时有

〔宋〕苏轼

丙辰①中秋，欢饮达旦，大醉，作此篇。兼怀子由②。

明月几时有？把酒问青天。不知天上宫阙③，今夕是何年。我欲乘风归去，又恐琼楼玉宇④，高处不胜寒。起舞弄清影，何似在人间！

转朱阁⑤，低绮户⑥，照无眠。不应有恨，何事长向别时圆？人有悲欢离合，月有阴晴圆缺，此事古难全。但愿人长久，千里共婵娟⑦。

· 作者简介·

苏轼（1037—1101），字子瞻，号东坡居士、铁冠道人，北宋著名文学家、书画家，唐宋八大家之一。

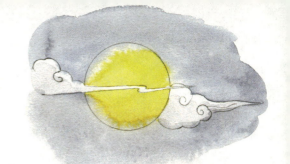

·注释·

①丙辰：公元1076年（宋神宗熙宁九年）。
②子由：苏辙（zhé），字子由，是苏轼的弟弟。
③天上宫阙：指月宫。
④琼楼玉宇：美玉砌成的楼宇，指想象中的月宫。琼，美好的玉石。
⑤朱阁：朱红色的华丽楼阁。
⑥绮户：雕花的窗户。
⑦婵娟：这里指月亮。

·译文·

丙辰年的中秋节，高兴地喝酒直到第二天早晨，喝到大醉，于是写了这首词，同时也表达对弟弟苏辙的思念。

明月从什么时候开始有的呢？端起酒杯遥问青天。不知道在天上的宫殿里，此时是何年？我想乘风去天上，又怕在仙人居住的华贵楼阁，我经受不住高处的寒冷。月下起舞映出孤清的影子，哪里像是在人世间！

月亮转过朱红色的楼阁，低低地挂在雕花的窗户外，照着没有睡意的自己。明月不该对人们有什么怨恨吧，为什么总是在人们离别时变圆呢？人间有悲欢离合，月亮有阴晴圆缺，这种事自古以来难以周全。只希望人们都能健康平安，即便相隔千里也能共享这美好的月光。

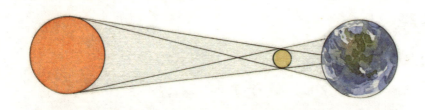

·月有阴晴圆缺·

月亮本身是不会改变形状的,因为月亮实际上是个球体,我们站在地球上观察它时,看到的阴晴圆缺其实和月亮被太阳光照亮的面积变化有关。

当阳光只照亮月亮朝向地球的一部分区域时,我们看到的月亮就是不完整的。当月亮朝向地球的一面都被阳光照亮,我们看到的就是满月了。

从地球上看到的月亮被太阳照亮的部分叫月相。一个完整的月相周期为29.5天,在此期间,我们可以看到例如蛾眉月、上弦月、满月、残月等多种月相的变化。

· 祭月活动 ·

祭月是一种礼拜月亮的习俗，也叫"供月"。明清时期，在正月十五的夜晚，人们会先朝向月亮摆好祭品，焚香叩拜，随后撤供，分食供品。

明世宗时，还特别修建了夕月坛，专门供朝廷祭月用。这座夕月坛直到今天还在，位于北京市西城区如今的月坛公园内。

暮江吟

〔唐〕白居易

一道残阳①铺水中,
半江瑟瑟②半江红。
可怜③九月初三夜,
露似④真珠⑤月似弓。

·创作背景·

　　这首诗大约是唐穆宗长庆二年（822年）白居易在赴杭州任刺史的途中写的。当时朝廷政治昏暗，牛李党争激烈，诗人深感朝堂黑暗，自求外任。他离开朝廷后心情轻松畅快，因此作出这样一首构思巧妙、意境宁静和谐的七言绝句。

·注释·

① 残阳：夕阳。
② 瑟瑟：碧绿色。
③ 可怜：可爱，美好。
④ 似：像。
⑤ 真珠：珍珠。

·译文·

　　夕阳的余晖落在江面上，沐浴在光芒中的水面，一半透着碧绿，一半透着殷（yān）红。这令人心动的九月初三的夜晚，清透的露珠像珍珠，一弯新月像弯弓。

古诗词里的故事

· 寒露 ·

每年公历10月8日左右，寒露节气悄悄降临人间。此后气温日渐下降，清晨出发走在路上，不经意间就会发现，地面上的植物表面缀有点点露水，露水仿佛散发着丝丝寒意，这就说明"寒露"到了。

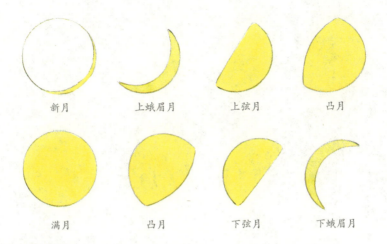

新月　　上蛾眉月　　上弦月　　凸月

满月　　凸月　　下弦月　　下蛾眉月

·月相·

月球是不发光的，月球运行到地球和太阳中间，会反射太阳光，我们从而能在夜空中看见月亮。农历的每月初，月亮的背面被太阳照亮，我们只能看到月亮的半个边缘，细如弯钩，这时的月相叫"新月"，也叫"朔"。之后月亮一点一点长胖，变成了弯如蛾眉的"上蛾眉月"。再过几天，月亮成了半圆，弧面像弓臂，那似有若无的直线像弓弦，这时弦在月上，叫"上弦月"。月亮日渐丰满，变得像个馒头，叫"凸月"。等到月亮变得又圆又亮，就是"满月"了，也叫"望"。月亮从新月到满月，需要半个月的时间，这个过程叫"盈"。

满月之后，月亮又减肥成功，逐渐变瘦了，这个过程叫"亏"。月相先是"凸月"，再是"下弦月"，之后是"下蛾眉月"，也叫"残月"，最后回归到新月。

农历每月初三的时候，正是上蛾眉月。

过① 故人庄

〔唐〕孟浩然

故人②具鸡黍③,邀我至田家。
绿树村边合④,青山郭⑤外斜⑥。
开轩⑦面场圃⑧,把酒话⑨桑麻⑩。
待到重阳⑪日,还来就⑫菊花。

·作者概况·

孟浩然的诗绝大部分是五言绝句,主要描写山水田园、隐居的生活以及羁(jī)旅行路的心情。

· 注释 ·

①过:拜访。

②故人:老友。

③鸡黍:鸡肉和黄米饭。

④合:围绕。

⑤郭:村寨。

⑥斜:横卧。

⑦轩:窗子。

⑧场圃:打谷场和小菜园。

⑨话:闲聊。

⑩桑麻:农事。

⑪重阳:农历九月初九重阳节。

⑫就:靠近的意思,"就菊花"是指观赏菊花。

· 译文 ·

老朋友准备好了丰盛的鸡肉和黄米饭,邀请我到他的农家做客。绿树围绕着村庄长满了一圈,还有几座小山横卧在村外。推开窗,入眼的是打谷场和小菜园,我们边举杯饮酒边闲聊着耕作桑麻等农事。等到了九月初九重阳节那天,我还会来观赏菊花。

·寒露三候·

一候鸿雁为宾：鸿雁在寒露时节会迁到南方，成为南方的宾客。

二候雀入大水为蛤（gé）：秋寒露重，雀鸟都躲起来了，海边却出现了很多蛤蜊(lí)，古人就充满想象力地以为雀鸟钻入水中，变成了这种软体动物。

三候菊有黄华：菊花在这个时候初放（华就是花）。中国人特别欣赏菊花的冷傲，菊花开了，属于中国文人雅士的浪漫就要开始了。

·重阳糕·

每当快到某个传统节日时,我们总会有很多期待。最吸引小朋友们的,当属美食了。春节盼饺子,元宵节等汤圆,清明节包青团,端午节吃粽子,中秋节咬月饼……中国人讲究饮食与季节调和,饮食随季节变化。可惜,重阳节时,我们好像忘记美食这回事了。这真可惜!

古人似乎比我们更关注重阳,晋代人们已经开始蒸白糖蓬耳糕,到了唐代,重阳节食糕已经非常流行。宋代人们食五色花糕,五色意味着驱邪,卖糕的人走街串巷,头上还插着小旗,上面写着吉祥二字。重阳糕取谐音"重阳高",寓意百事俱高,也很有中国特色。不过,到了今天,你若是想吃到一块重阳糕,恐怕不那么容易了。

九月九日忆山东①兄弟

〔唐〕王维

独在异乡为异客②,

每逢佳节③倍思亲。

遥④知兄弟登高处,

遍插茱萸⑤少一人。

·作者简介·

王维(约701—761),字摩诘(jié),太原祁县(今山西运城)人。唐代著名诗人。

·注释·

① 山东：泛指华山以东地区，是诗人的故乡。

② 异客：滞留在他乡的客人。

③ 佳节：这里指重阳节。

④ 遥：远远地。

⑤ 茱萸：是一种中药，也是一种香草，有的品种没有香味。古代风俗认为重阳节折茱萸插戴，可以延年益寿。

·译文·

独自在异地他乡，成了他乡的客人，每逢佳节的时候，加倍地思念亲人。远远地想到兄弟们登高时，遍插茱萸，可是少了一个人。

·插茱萸·

　　插茱萸的习俗在西汉就已经存在。茱萸有香气，可以药用。古人在重阳登高时，为了驱邪避鬼，还会插茱萸、佩戴茱萸香囊，所以登高会也被称为"茱萸会"。

·重阳起源·

重阳节是农历的九月初九。在古代阴阳五行的观念中,数字也不例外地被分成阴阳两类,单数为阳,双数为阴。农历九月初九因为是两个阳数相重,所以就称"重阳"或"重九"。

·重阳宴饮·

重阳节里自然也少不了吃喝庆祝。不管是王公贵族还是平民百姓,都喜欢登高后在山上野餐。其中最典型的莫过于文人雅士的登高会了,会上往往要赋诗饮酒,烤肉分糕。

古诗词里的故事

九日龙山饮

〔唐〕李白

九日龙山①饮,
黄花②笑逐臣③。
醉看风落帽④,
舞爱月留人。

· **作者简介** ·

李白(701—762),字太白,号青莲居士。唐代伟大的浪漫主义诗人。

·注释·

① 龙山：在当涂县南十二里。

② 黄花：菊花。

③ 逐臣：被贬谪（zhé）、被驱逐的臣子，这里是诗人自称。

④ 风落帽：指晋代孟嘉九日登山落帽的典故，见129页。

·译文·

　　九日在龙山宴饮，盛开的黄色菊花仿佛在嘲弄我这个被贬谪的臣子。醉眼看着秋风把帽子吹落，月下醉舞，明月留人。

·登高习俗·

据记载,战国时民间就已经有登高活动,但直到汉代,这一习俗才被定在了九月初九的重阳节。

古人认为,登上山顶可以与天更为接近,于是人们在这天到山顶祈福,期望得到上天的庇佑,此外也趁着秋高气爽,享受登山赏景的乐趣。

古诗词里的故事

· 孟嘉落帽 ·

　　孟嘉,晋代人,曾在征西大将军桓(huán)温的帐下任参军。孟嘉由于才华横溢,受到桓温的赏识。

　　相传,有一年重阳节,桓温在龙山宴请群僚(liáo),吟诗作对。就在大家都喝得很高兴时,一阵风将孟嘉的帽子吹落,但他却没有察觉到。按当时的礼仪来说,帽子掉落是一件有失体统的事情,宴会上有个叫孙盛的人写了一篇文章嘲讽孟嘉,孟嘉当即提笔回敬了一篇,这篇文章文采四溢,沉着儒雅地化解了尴尬的局面,令众人折服。

醉花阴

〔宋〕李清照

薄雾浓云愁永昼①,瑞脑销金兽②。佳节又重阳,玉枕纱厨③,半夜凉初透。

东篱④把酒黄昏后,有暗香⑤盈袖。莫道不销魂,帘卷西风,人比黄花⑥瘦。

· 作者简介 ·

李清照(1084—约1151),号易安居士,齐州章丘(今山东济南市章丘区)人。宋代女词人,婉约词派代表之一。

· 注释 ·

① 永昼：漫长的白天。
② 金兽：兽形的铜香炉。
③ 纱厨：即纱帐。
④ 东篱：泛指采菊之地。
⑤ 暗香：幽香，本指梅花的香气，这里承上句指菊花。
⑥ 黄花：指菊花。

· 译文 ·

　　薄雾弥漫，云层浓密，从早到晚加重了我的愁绪，瑞脑的幽香从金兽炉中冉冉升起。又到了重阳佳节，靠着玉枕卧在纱帐中，半夜的凉气刚将全身浸透。

　　在东篱边饮酒正是黄昏日暮，菊花的幽香充满衣袖。不要说清秋不让人伤神，西风卷起珠帘，帘内的人比那黄花更加消瘦。

·备受喜爱的菊花·

重阳节有赏菊的风俗,所以也被称为菊节、菊花节。唐代时重阳赏菊已经很流行了。到了宋代更为兴盛,当时不管在宫廷还是民间,菊花都受到追捧。除了赏菊外,簪菊也很受欢迎。簪菊起初有辟邪的意思,发展到后来,其目的纯粹就变成了装饰。

重阳时,菊花还可被用来制"菊花酒",早在西汉的文献中,历史学家就发现了有重阳饮菊花酒的记载。

·重阳习俗·

古时的重阳节习俗,除了登高、插茱萸之外,还有赏菊、簪菊、饮菊花酒、食重阳糕等。

·明日黄花·

明日,指重阳节的后一天,也就是农历九月初十。黄花,指菊花。"明日黄花"意思是说,重阳过后,菊花逐渐枯萎凋谢。人们常借这个词比喻过时的事物。

·"昨日黄花"的误会·

人们常将"明日黄花"说成"昨日黄花",这其实是一种误用。明日黄花,意思是明日黄花将谢,所以要趁着黄花还没落尽时,尽情玩乐。"明日"二字类似这种用法的,还有唐代罗隐的"今朝有酒今朝醉,明日愁来明日愁。"这句话意思是说,今天有酒就喝个酩酊(mǐng dǐng)大醉,明日的忧虑就等明天再愁。这样解释,你就不会再记混了吧。

赠刘景文

〔宋〕苏轼

荷尽①已无擎②雨盖，
菊残犹③有傲霜枝。
一年好景君须记，
正是④橙黄橘绿时。

·作者概况·

苏轼虽然是大名鼎鼎的文豪，仕途却一直不是很顺利，多次被各种原因打断晋升之路，于是身边人打趣说他肚子里装的是"一肚皮不合时宜"。

· 注释 ·

① 尽:凋谢。

② 擎:举,向上托举。

③ 犹:仍然。

④ 正是:一作"最是"。

· 译文 ·

荷花凋谢,连擎雨的荷叶都枯萎了,还有残败未落的菊花傲寒斗霜。一年中最美好的景致你要永远留心关注,就在那橙子黄了、橘子还绿的时节。

·橙黄之色·

自然界中的颜色变化是很奇妙的,或许就在我们看不见的地方,掌控颜色的元素一直在听取时间调动准备换岗。

寒露之后,天气转凉,北方树木受冷空气侵袭,叶子中的叶绿素受到破坏,而胡萝卜素、叶黄素和花青素占据优势,使原本绿色的叶片变成浅红、橙黄之色。

秋天的枫叶,就是这样变得艳丽无比的。

古诗词里的故事

·赏红叶·

春天漫山万紫千红,夏天百花争奇斗艳。春、夏都借了花朵的颜色装点自己,秋天却自行其道,当大部分不耐寒的娇花凋谢时,原本衬托花朵的绿叶开始变魔术了。

山在这个时候发挥了它的优势,将跟着天气变幻以不同节奏变红的树叶陈列出层次感,这就到了赏红叶的最佳时节。

雪 梅（其一）

〔宋〕卢钺

梅雪争春未肯降①，
骚人②阁笔③费评章④。
梅须逊雪三分白，
雪却输梅一段香。

·作者简介·

卢钺（yuè），字威节（一作威仲），闽县（今福建福州）人。卢钺是宋朝末年人，最高官至户部尚书。

·注释·

① 降：认输。

② 骚人：诗人。

③ 阁笔：放下笔。阁，同"搁"，表示放下。

④ 评章：评论文章，这里指评论梅与雪。

·译文·

梅花和雪花比美，谁也不肯认输，这可难坏了诗人，很难写评判的文章。客观地说，梅花稍逊雪花三分的晶莹洁白，雪花输给梅花一段生来自带的清香。

·立冬·

立冬是冬天的开始。它在每年公历的11月7日或8日，秋天准备休息，冬天接受了自然的使命。秋天休息了，在古代农耕社会，忙碌完秋收的农家，也要在立冬后休息一下，犒（kào）劳自己。农民还在休息中，皇帝却开始忙起来。立冬这一天，皇帝会亲率文武百官到京城北郊设坛祭祀迎冬，还会赏赐官员棉衣皮袄。如果此时赶上冬季第一场瑞雪，朝廷还会赏雪寒钱，之后，还要赏赐有丧事的家庭，表达怜恤（xù）照顾孤寡（guǎ）的意思。

   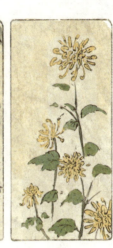

·梅兰竹菊·

人们爱花,也爱赏析不同的花,认为花像人一样,各有气质。

凌寒绽放的梅花是志士、孤芳自赏的幽兰是贤者、霁月光风的竹子是君子、特立独行的菊花是隐士。因为梅凌寒独放,兰多长在崖壁深谷,竹中通外直,菊顶风傲霜,它们独特的自然属性带有令人佩服的气质,所以被古代文人推崇,常被写进诗中。

梅、兰、竹、菊从百花中脱颖而出,被人们奉为"花中四君子",也是有依据的啊!

江雪

〔唐〕柳宗元

千山①鸟飞绝②,
万径③人踪④灭。
孤舟⑤蓑笠⑥翁,
独钓寒江⑦雪。

·作者简介·

柳宗元（773—819），字子厚，河东（今山西运城）人。唐代著名文学家、思想家，也是古文运动的倡导者，唐宋八大家之一。

· 注释 ·

① 千山：群山。
② 绝：无，没有。
③ 径：小路。
④ 踪：指脚印。
⑤ 孤舟：孤零零的一叶小舟。
⑥ 蓑笠：草编的雨衣和帽子。
⑦ 寒江：寒冷的江面。

· 译文 ·

　　群山间看不见一只鸟的影子，所有路上都看不见一个行人。一叶孤零零的小舟上站着一位身披蓑衣、头戴斗笠的老渔夫，独自一人在大雪纷飞的寒冷江面上垂钓。

·大雪·

每年公历的 12 月 6 日或 7 日，节气中的"大雪"披着冷酷的外衣来了，听起来就特别冷，这一天也确实是这样，寒风夹杂着雪花，蔓延至天际，笼罩在大地上空。大雪节气之后，下雪更频繁，雪量也有逐渐增加的趋势。这个时候，你到了北方，入眼的一定是"千里冰封，万里雪飘"。而这美丽的自然馈赠，是零下二三十摄氏度的温度换来的。你可能会想，这样寒冷的气候条件想必是不适合人们活动了吧。聪明的人们自有办法，无论是古代还是现代，寒冷的时候总会有取暖设施。南方的江淮地区也难逃大雪的考验，进入一年之中最冷的阶段，人们常戏称南方的冬天为"魔法攻击"。

·隐士·

隐士，"隐"指隐居专注研究学问，"士"是指士这一阶层的知识分子，隐士，就是不入仕途却隐居起来修行的知识分子。并非所有隐居山林的人都可称为隐士，那些想当官却怀才不遇的人不是隐士，那些没有学识的山野村夫也不是隐士，只有那些有独立思想，追求自由，不趋炎附势且发自内心隐居修道的圣贤才是真隐士。历史上，著名隐士有伯夷、叔齐、鬼谷子、颜回、陶渊明等。

古诗词里的故事

邯郸①冬至②夜思家

〔唐〕白居易

邯郸驿③里逢冬至,
抱膝灯前影伴身④。
想得家中夜深坐,
还应说着远行人⑤。

· 作者概况 ·

白居易的诗虽然题材广泛,但他非常善写讽喻诗和闲适诗,这两类诗表达的主要内容、情感有很大不同。讽喻诗多与时事政治有关联,关心百姓疾苦;闲适诗则意在表现恬淡悠然的意味。

·注释·

① 邯郸：地名，今河北省邯郸市。
② 冬至：二十四节气之一。
③ 驿：驿站，古代传递公文的人或出差官员途中歇息的地方。
④ 影伴身：影子与其相伴。
⑤ 远行人：离家在外的人，这里指作者自己。

·译文·

　　我居住在邯郸客栈的时候正好是冬至时节。晚上，我抱着双膝坐在灯前，只有影子与我相伴。想那家中的人，在这深夜或许也这样坐着，谈论着我这个远离家乡的人。

·冬至·

冬至一般在公历 12 月 22 日前后。这天，太阳直射南回归线，北半球白昼最短，黑夜最长。中国人习惯冬至后开始"数九"，每九天为一个"九"。过了冬至进入"头九"，意味着寒冷的冬天就要来了。

古诗词里的故事

·冬至大如年·

　　古人认为冬至为吉日,要过节庆贺,所以有"冬至大如年"的说法。冬至也是古人祭天祭祖的日子,明清两朝时,均有冬至祭天的传统,在这天皇帝要率领文武百官到天坛祭天。在民间,冬至这天家家要祭祀祖庙。除此之外,冬至还有拜师长、吃团圆饭等习俗。

扬州慢①（节选）

〔宋〕姜夔

杜郎②俊赏，算而今重到须惊。
纵豆蔻词工，青楼梦好③，难赋深情。
二十四桥④仍在，波心荡、冷月无声。
念桥边红药⑤，年年知为谁生？

> **·作者简介·**
>
> 姜夔（kuí，约1155—1209），字尧章，号白石道人，饶州鄱（pó）阳（今江西鄱阳）人，南宋词人。那时候金朝和南宋总是发生战争，繁华的扬州城在经历战火后破败不堪，作者见到此种景象，心生悲凉。

· 注释 ·

① 扬州慢:词牌名。

② 杜郎:杜牧。

③ 青楼梦好:青楼,一般指歌伎居住之处。杜牧曾在《遣怀》诗中写道:"十年一觉扬州梦,赢得青楼薄幸名。"写出了自己的荒唐生活。

④ 二十四桥:一种说法是,唐代扬州有二十四座桥,但北宋时仅残存八座,这里泛指扬州的名桥,并非实指。另一种说法是,"二十四"是桥名,就是吴家砖桥,这首词诞生之后,影响力很大,这座桥也被世人称为"红药桥"。

⑤ 红药:扬州盛产芍药,这里指红色芍药花。

· 译文 ·

　　杜牧懂得赏景,善于写景,可就算他今天重新来到扬州,也会感到吃惊。纵然写出精工词采,表达过"十年一觉"的青楼美梦,面对着这荒凉的扬州恐怕也很难再写出富有深情的篇章了。如今扬州的名桥还在,只有荡漾的水波和无声的冷月在水中倒映。想那桥边红芍药年年盛开,不知年年有谁欣赏,为谁而生?

·冬至三候·

一候蚯蚓结：据说蚯蚓是阴曲阳伸的生物，古人认为，虽然冬至时阳气开始生发，但是阴气依然很重，所以蚯蚓会蜷曲着身体，使活动幅度降到最低。

二候麋（mí）角解：麋鹿是我国特有的动物，角像鹿，颈像骆驼，蹄像牛，尾像驴，所以被称为"四不像"。因为麋鹿的角向后生长，所以古人认为它属阴，由于冬至属于阴气至极而阳气生，所以就到了麋角脱落的时候了。

三候水泉动：在古人看来，冬至时，阳气生发，所以水泉开始涌动。

守岁（节选）

〔宋〕苏轼

欲知垂尽①岁，有似赴壑②蛇。

修鳞③半已没，去意谁能遮。

况欲系其尾，虽勤知奈何。

儿童强④不睡，相守夜欢哗。

晨鸡且勿唱，更鼓畏添挝⑤。

坐久灯烬落，起看北斗斜。

·作者概况·

苏轼在诗、词和散文创作方面有很高的造诣。苏轼与其父苏洵、弟弟苏辙并称"三苏"。

·注释·

① 垂尽：快要结束。
② 壑：山谷。
③ 修鳞：长蛇。
④ 强：执着又不听劝的样子，坚持。
⑤ 添挝：指击打更鼓的次数在增加。

·译文·

　　那些快要结束的年岁，有如游向沟壑的长蛇。长长的鳞甲一半已经不见，想要爬进去的想法谁也拦不住。想通过抓尾巴来抓住蛇，再努力也是无可奈何。儿童仍不肯睡觉，只知道守夜尽情欢笑。清晨的公鸡不要早叫，我害怕更鼓再次敲打。守岁久坐灯花已落尽，起身看北斗星已经偏斜。

·老鼠嫁女·

在我国台湾地区,当地的客家人即便没有守岁的习俗,也要在这一夜让家里保持灯火通明。因为传说这天是老鼠嫁女的日子,人们留下明灯照路,体现了对生灵的一种慈悲心。

· 除夕守岁 ·

除夕也叫"除夜",是"旧年将除的晚上"的意思。

除夕夜有个习俗,相信小朋友们也经历过,那就是全家吃过晚饭后,要围坐在一起通宵守岁,等着辞旧迎新的时刻到来,这种习俗叫"守岁"或"熬年"。除夕夜灯火通宵不断,小辈给长辈拜年,祝长辈长寿安康;长辈们还会给压岁钱。从前民间认为"岁"与"祟"谐音,"压岁钱"有压住"邪祟"的说法。现在长辈给压岁钱更多是亲情和爱意的表达。

总的来说,"除夕守岁"过程中留下的种种习俗,既是对已经逝去岁月的告别,也包含了人们对新年的美好期望。

除夜雪

〔宋〕陆游

北风吹雪四更初，
嘉①瑞②天教③及岁除④。
半盏屠苏犹未举，
灯前小草写桃符。

·作者简介·

陆游（1125—1210），字务观，号放翁，越州山阴（今浙江绍兴）人。南宋著名爱国诗人，现存诗词九千多首。

· 注释 ·

① 嘉：好。
② 瑞：指瑞雪。
③ 天教：天赐。
④ 岁除：即除夕。

· 译文 ·

四更天初至时，北风带来一场大雪，这上天赐给我们的瑞雪正好在除夕之夜到来，预示着来年的丰收。

盛了半盏（zhǎn）屠苏酒的杯子还没有来得及举起庆贺，我在灯下用草体赶着写迎春的桃符。

·春节吃饺子·

春节吃饺子的习俗始于宋元时期,在明清盛行。"饺子"这一称呼的起源,与时间有关。在古代,晚上11时到次日凌晨1时为子时,年三十的子时正是两年之交、辞旧迎新的时刻。而饺是"交"的谐音,子为"子时",饺子就意味着"更岁交子",过春节吃饺子有吉祥如意、喜庆团圆的意思。

·最早的春联·

春联源自桃符,桃符是由桃木做的。起初人们把桃木悬挂在门上,以求驱鬼辟邪。唐代以后,人们开始在桃符上写对子。到了明代,"桃符"才正式改称为"春联"。

相传最早的春联是五代时孟昶(chǎng)在卧室门旁的桃符上所写的。

·屠苏酒·

屠苏酒由中药浸制而成,古人饮用屠苏酒,主要是为了避除疫疠(lì)、强身健体。

唐代以前,人们主要在正月初一饮用屠苏酒,唐代以后改为在除夕守岁时饮用。

人们饮用屠苏酒的顺序也很特别,并不是从年长者开始,而是从家里最年少的饮起,年长的在后。

这是为什么呢?因为"少者得岁,故贺之",意思是说,年少的过年又长了一岁,值得庆贺,所以饮酒在先;而年长的人并不希望增岁,就不庆祝了。

古诗词里的故事

附录

古诗词里的名句

爆竹声中一岁除,春风送暖入屠苏。
　　　　　　　——《元日》〔宋〕王安石……2

春已归来,看美人头上,袅袅春幡。
　　　　　　　——《汉宫春·立春日》〔宋〕辛弃疾……6

便觉眼前生意满,东风吹水绿参差。
　　　　　　　——《立春偶成》〔宋〕张栻……10

见说马家滴粉好,试灯风里卖元宵。
　　　　　　　——《上元竹枝词》〔清〕符曾……14

众里寻他千百度,蓦然回首,那人却在,灯火阑珊处。
　　　　　　　——《青玉案·元夕》〔宋〕辛弃疾……18

暗尘随马去,明月逐人来。
　　　　　　　——《正月十五夜》〔唐〕苏味道……22

夜来风雨声,花落知多少。
　　　　　　　——《春晓》〔唐〕孟浩然……26

南朝四百八十寺,多少楼台烟雨中。
　　　　　　　——《江南春》〔唐〕杜牧……30

花须柳眼各无赖,紫蝶黄蜂俱有情。
　　　　　　　——《二月二日》〔唐〕李商隐……34

迟日江山丽，春风花草香。

——《绝句二首（其一）》〔唐〕杜甫……38

桑柘影斜春社散，家家扶得醉人归。

——《社日》〔唐〕王驾……42

贫居往往无烟火，不独明朝为子推。

——《寒食》〔唐〕孟云卿……46

春城无处不飞花，寒食东风御柳斜。

——《寒食》〔唐〕韩翃……50

借问酒家何处有，牧童遥指杏花村。

——《清明》〔唐〕杜牧……54

日暮笙歌收拾去，万株杨柳属流莺。

——《苏堤清明即事》〔宋〕吴惟信……58

三月三日天气新，长安水边多丽人。

——《丽人行》（节选）〔唐〕杜甫……62

等闲识得东风面，万紫千红总是春。

——《春日》〔宋〕朱熹……66

人间四月芳菲尽，山寺桃花始盛开。

——《大林寺桃花》〔唐〕白居易……70

灵均标致高如许，忆生平、既纫兰佩，更怀椒醑。

——《贺新郎·端午》〔宋〕刘克庄……74

五色新丝缠角粽，金盘送，生绡画扇盘双凤。

——《渔家傲·五月榴花妖艳烘》〔宋〕欧阳修……78

江亭暇日堪高会,醉讽离骚不解愁。

——《午日观竞渡》〔明〕边贡……82

梅子黄时日日晴,小溪泛尽却山行。

——《三衢道中》〔宋〕曾几……86

天阶夜色凉如水,坐看牵牛织女星。

——《秋夕》〔唐〕杜牧……90

金风玉露一相逢,便胜却人间无数。

——《鹊桥仙》〔宋〕秦观……94

两情若是久长时,又岂在朝朝暮暮。

——《鹊桥仙》〔宋〕秦观……94

七夕今宵看碧霄,牵牛织女渡河桥。

——《乞巧》〔唐〕林杰……98

今夜月明人尽望,不知秋思落谁家。

——《十五夜望月寄杜郎中》〔唐〕王建……102

玉颗珊珊下月轮,殿前拾得露华新。

——《天竺寺八月十五日夜桂子》〔唐〕皮日休……106

人有悲欢离合,月有阴晴圆缺,此事古难全。

——《水调歌头·明月几时有》〔宋〕苏轼……110

但愿人长久,千里共婵娟。

——《水调歌头·明月几时有》〔宋〕苏轼……110

一道残阳铺水中,半江瑟瑟半江红。

——《暮江吟》〔唐〕白居易……114

绿树村边合，青山郭外斜。
　　　　　　——《过故人庄》〔唐〕孟浩然……118

独在异乡为异客，每逢佳节倍思亲。
　　　　　　——《九月九日忆山东兄弟》〔唐〕王维……122

九日龙山饮，黄花笑逐臣。
　　　　　　——《九日龙山饮》〔唐〕李白……126

莫道不销魂，帘卷西风，人比黄花瘦。
　　　　　　——《醉花阴》〔宋〕李清照……130

一年好景君须记，正是橙黄橘绿时。
　　　　　　——《赠刘景文》〔宋〕苏轼……134

梅须逊雪三分白，雪却输梅一段香。
　　　　　　——《雪梅（其一）》〔宋〕卢钺……138

孤舟蓑笠翁，独钓寒江雪。
　　　　　　——《江雪》〔唐〕柳宗元……142

想得家中夜深坐，还应说着远行人。
　　　　　　——《邯郸冬至夜思家》〔唐〕白居易……146

二十四桥仍在，波心荡、冷月无声。
　　　　　　——《扬州慢》（节选）〔宋〕姜夔……150

坐久灯烬落，起看北斗斜。
　　　　　　——《守岁》（节选）〔宋〕苏轼……154

半盏屠苏犹未举，灯前小草写桃符。
　　　　　　——《除夜雪》〔宋〕陆游……158